기억이 선택한 시간들

노두식 시집

문학세계사

나에게 있어 시 작업은
내면의 불명한 부분을 해체시켜 재결합하고자 하는
갈망의 수단입니다.

이 과정에서 더러 행복에 접근할 때도 있지만
고통의 질곡에도 갇히게 됩니다.

평범하지 않은 이 고독한 작업은
자신과 대면하기 위한 몇 안 되는 선택 가운데 하나입니다.

나는 나의 갈망을 아낍니다.

2019년 여름

1

2

3

4

1

이력서

내內 프로필

빵이 나오는 시각에 맞추어
오르페우스의 빵집에 간다
잘 구워진 멋지게 부푼 빵은
황금 가지 위에 올려져 한 옥타브 낮게 식어간다
반짝이는 갈색의 빛깔은
빵의 자존심을 드러내고 있다

사계절이 뚜렷한 상점의 문밖에는
노란색 선이 두 줄 그어져 있다

주변을 배회하며 빵이 식을 때까지 시간을 보낸다
염소와 양이 함께 걸을 때도 있다
마치 못다 풀린 주술처럼
날마다 걸음은 신중하다
길지 않은 시간은
빵과 시선 사이의 침묵을 투명하게 한다

성자聖者의 뼈처럼 식어 버린 빵이

포장지에 싸여 진열대에 놓이면
나의 후각은 그곳을 떠난다

나는 갓 구워낸 빵 냄새를 좋아한다
빵집에 갈 때는 포만감이 들 만큼 고전을 먹어 둔다
집중하기 위하여 한쪽 출구는 막혀 있어야 한다
아, 라오콘의 고뇌에 대해서는 잠시 잊는다

나는 빵집 주인에게 감사하지만
상점의 불완전한 정의定義에 대해서는 언제나 유감스럽다

이력서

생애에 대하여 말해도 좋을 나이는 몇 살
오십, 팔십 아니면

그 길이는 언제부터 따져 봐야 하는가
철이 들고 나서부터
나이 먹은 아이가 되어 손가락질을 받는 그 사이

풀뿌리의 길고 짧음을 헤아리는 기준은
굵고 가는 것을 구분하는 기준과 같을까
굵게 사는 것과 가늘게 살다 죽는 것에
시간을 대입할 수 있을까

이력서의 간추린 경력이
한 사람의 삶을 기만하고 있는 것만은 틀림이 없다

그러니 어림잡아 안다는 것은
끝내는 모른다는 것
지나온 한 생애를 길다고 주장하는 자, 짧다고 투정하는 자

그의 지루함은 채우지 못함에 있고
버리지 못한 욕심이 남아 있기 때문이다

자신에게는 확연히 말할 수 있을 것이다
마지막 만찬의 날이 지나고 난 후
가장 정직한 입으로

낯설지 않은 풍경

길모퉁이에 두 사람이 마주 보고 서 있다

한 사람이 돌아선다
망설임 없이 그는 앞으로 걸음을 옮긴다
어떤 기억 속의
낯익은 정경이 보인다

이별이란 보랏빛 배경이 아니더라도
뒷모습을 보고 서 있는 사람에게는
뭔가 여운이 더 남아 있는 법이다
두 사람 사이의 균형이 저처럼 흐트러지면
보내는 자의 젖은 시선을 끌며
솜털이 빠진 시간마저도 재빨리 멀어진다
한 사람에게는 작정한 길이 있을 터이고
한 사람은 그 자리에서
가슴이 식어 가기를 기다리며 서성일 것이다

이별은 갈등을 한정지으므로
(그렇지 않은 체념이 어디 있던가)

각자 보듬고 있던 기억들은
꽃불처럼 잠깐 반짝이다 사라질 것이다
그러고 나서 그 이상도 이하도 아닌 만큼
둘의 관계는 소원해진다

먼발치에서도 남의 마음이 읽힐 때가 있다
어디서부터인가 서로가 한참 다른 듯 또한
너무나 많이 닮아 있다는 사실을
우리는 태연스레 받아들인다

여자

여자는 징검돌같이 왔다

비꽃을 맞으며
난생처음인 것들이 그러하듯 수줍게
촉촉하고 단단하게
곧고 길며 잔가지 없는 뿌리로

어렴풋이
그러나 점점 뚜렷하게
종지부와 같은 견고한 공간 속에
나는 기쁘게 갇힌다

첫사랑의 풍랑을 잠재우듯
지평선처럼 멀리 있던 여자가 스미고 있으니
이제 내게 시간과 나이에 대해 묻지 말라
내가 훗날 답할 수 있는 건
미처 생각해 보지 못했던
두 사람이 창조한 색깔에 관한 일

명名품

―잠기게 하는 산
추상이 된 것들도 그의 일부가 될 수 있다
산은 현상現狀을 구분하지 않는다
의미만으로도 위용이 드러나는
산은 우뚝하여 사라지지 않는다

산이 셈했던 최선의 넓이는 얼마였을까

한 생애가 가기도 전에 산이 되어 있는 사람이 있을 것이다

그 품을 들여다보고 싶다

팬지

폴란드의 국화가 그 보랏빛 팬지라면서요
봐요 나는 가슴에 팬지꽃을 피워 놓고
남자가 남자를 사랑하는 동화도 쓸 수 있을까 생각해 보고
있어요
여자 같은 남자, 팬지 보이가 어디선가 날 응원하고 있을 것
같아요

나는 손에 과자를 들고
남장을 한 여자가 되어 생각해 보지요
미츠키에비치의 시 「판 타데우시」를 떠올리면
왜 자꾸 쇼팽이 앓았던 결핵이 생각나는지

폴란드제 토피넥 웨이퍼를 먹어 본 적이 있나요
폴란드에는 단맛을 아는 여자가 없대요
팬지를 좋아하는 여자들도 모두 떠난대요
남자들이 모이면 여자 같은 남자를 헹가래친다네요

그런데 팬지꽃을 빼닮은 폴란드는 대체 어느 쪽에 있는지

반도나 아메리카의 모양과는 어울리지 않는 이름이라서요

나는 시마노프스키처럼 피아노를 치고 싶어요
루빈스타인의 나라인 그곳은
보랏빛 건반 같은 꽃이 만발하다고들 하잖아요

이봐요 사람들이 그러는데 팬지는
시적이고 음악적이긴 하지만
사실은 노동과 학살의 꽃이라네요
팬지 앞에서는 묵념을 하고 나서
말을 거는 게 맞대요

정적

한 사람이 베드 위에 놓여 있다
한 사람이
하얀 시트를 끌어다 어깨까지 감싸 준다
가슴의 기복에 따라
풀 먹인 천이 나지막이 신음 같은 소리를 낸다

지금은 오후 4시 21분
바이털사인의 기계적 동작은 순조로워 보인다
사방의 벽면과 집기들도 평소와 다름없다

그러나 이 같은 상황은
결코 중재할 수 없는 한 가지를 숨기고 있다

평면이 되어 버린 시간이
괴어놓은 얼굴에서 빠르게
표정을 지우고 있다……

기다려 본 적이 없는

절대적인 힘을 마주하고
이들은 이 순간부터 따로따로 존재한다

그리고 잠시 후에
두 번은 없을 절망으로부터 제각기
완벽하고 돌이킬 수 없는 정적靜寂을 만나게 될 것이다

제2막

거울을 마주하면
맨 처음 무엇이 보일까
눈에 띄는 것, 창유리에 얼비치는 구름
벽에 걸린 빨간 새 모자 그 다음은
보고자 하는 것
―눈썹, 귓불, 틈새가 넓어 불안한 소구치
드러내고 싶은, 드러내기 싫은 몸의 부위들

거울은 영상에 대해서 심기가 불편한 적이 없다
거울의 신념은 누구에게도 치우치지 않는 평등
신음 소리를 내거나 웃지도 찌푸리지도 않는다
마음을 읽어내려고도 하지 않는다
거울아 거울아 불러도 응답하지 않는다

거울은 보여줄 뿐이다
비추어진 이는 표정과 몸짓으로 속내를 보이고
스스로 만족하면 미련 없이 거울 밖으로 나온다

이 같은 대비는 일찍이 익숙했던 일
때로는 희비의 지점이 되어 두 마음을 경주하게 만든다
거울의 냉정한 역할은 어릿광대를 만들어 내고
자존심을 선물하고 착각의 늪 속으로 밀어 넣기도 한다

소도구가 치워진 제2막이 오르면
그제야 진정으로 깔끔한 연기를 해내고 있는
무대 위의 배우들을 본다
정서에 대한 한 치의 수정이나 각색도 없이
마치 텅 빈 관객석을 의식하는 것처럼

떠 있다

떠 있는
허공에 날리는 저 가상의 무게는 누구인가
함께 흔들거리는 다이달로스의 그림자는

태양 가까이 떠 있으니
날개는 녹을 것이다 나의 이카루스여

마술에 대해 중심에 대해
신에 대해 이념과 부피에 대해
그물에 대해 재미에 대해
(아, 이만해도 충분히 벅차지만)
쓰레기 아닌 수많은 것들에 대해
대체 내게는 어떤 일들이 벌어지고 있었던 것인가
이 바다 참바를 놓친 부이들은
어디를 헤매고 있는가
아리아드네의 실 끝은 누가 잡고 있는가

눈에 띄도록 가벼운

가벼움을 못 느끼는 나는 참을 수 없이 무거워서

오늘 하루

절필이다

도박

해가 진 후를 밤이라 부르니까요
죽음은 밤이 아니에요
아침이 오지 않는 어둠을
우리는 살아 있다고 말하지 않아요

어둠이 두려운 것은 삶이 두렵지 않아서가 아니라
분간할 수 없기 때문이에요
그래요
두려움은 동질이지만
어둠은 그렇지 않을 때가 있어요

반신半身이 어둠과 밤에 젖어 살고 있는 우리
모두 다 걸지 마세요, 그게 무엇이든
어쩌면 파산할지도 몰라요
운수를 믿는다고
아침이 없는 어둠 속에서
해가 떠오르지는 않을 테니까요

상사화

속살 내음으로 코끝을 스치는 부전나비
생머리카락의 율동에 따라 킬힐이
아벨리아꽃을 피워내는데
은종소리 꽃 속에 설레어
마음속 결결이 파문이 이는데
둔부는 고니처럼
후끈한 은하수 복판을 가르며 헤고 있는데
그림자도 없는 그녀의 환영은 온통 루주 빛인데

반복되는 기억의 스펙트럼으로
얕아진 아침 잠에 짙은 커튼을 친다
오롯이 그의 남자가 되어 보는 시간

꿈은 그러나 오래지 않아
실신해 버릴 것이다

홍예문

검은 갈래머리 아래 하얀 자리
거기 몽환적으로 벌어 놓은 꽃잎 두 장
궁륭의 문 아득히 먼 도시까지 내리는 비
욕망의 붉은 벽돌이 젖듯
인천이 젖고 있었다 그녀의 얼굴이 젖고 있었다

문 저쪽에 옅은 갈맷빛으로 안개가 흐르고
그녀는 난생처음으로 잡았다는 남자의 손을 놓았다
무언가가 한쪽으로 기우는 소리가 들려왔다

안개가 나지막이 건너오면서 상상은 희한하게도 맑게 갰다
나는 그 자리에 서서
가슴에 저려오는 초조한 전율을 토닥이며
그녀의 거대한 문에 어려 있는 현재와 미래의 사진을 찍었다

몽타주 한 컷이 홍예문 위로 걸리고
문을 지나온 어떤 연인들은
그 후 서로 손을 잡지 않았다
문을 넘어서면 그곳에 두 갈래 길이 있었다

자위

속물 근성이란 뜻에 대하여
사전을 뒤적이며 찾아보다가

속물이 속물을 알아보는 법이라는 말이
문득 떠올라서
거기서 그만 접기로 했다

때로는 더 나아가지를 못한다
우리를 지배하는 근성은 사전에서 찾을 수 없다
사전을 버리는 것도 유일한 방법이 아니다

알면 알수록
알지 말아야 할 것들을 알게 된다

이명

소리들이 생산된다
고막과 뇌수 사이의 어느 분간 없는 지점에서
단조롭고 메마른 톤으로
때로는 부드럽게 잽을 날리며 지속적이고 날카로우며 끈질기게
증기기관처럼 폭포처럼 형언하기 어려운 다양성으로

이 경계해야 할 점멸등은 꺼지지 않는다
적색의 음파는 다가가지도 물리칠 수도 없는 소리
정체도 없고 흠결도 없는 완벽한 소음
다만 절대적인 복종만을 요구하는

특히 괴괴함 속에 유령의 무리처럼 살아나 군림한다
불평할 틈도 없이 무릎을 꿇리고 소리에 집중하도록 강제한다
이 잡음의 족쇄는 풀 수 없는 검은 마법이다

(그러나 순응은 뜻밖의 지혜를 일깨우느니)
말년의 동반자를, 그 잔인한 폭력을
그들은 무슨 방법으로 다독였을까

강제, 점령, 환상의 옷을 입혔을까
체념, 자기부정, 굴종……
어떤 형태이건 종지부를 찍을 때까지

아니다 그들은 마침내
자신과 함께 땅속 깊은 곳에 그것을 가두어 버림으로써
영원히 승리를 얻을 수 있었다

보이는 것

그대는 안경알을 닦는다
그대만의 세상을 보기 위하여

안경의 도수는
질곡이다

그대를 선도하는 수정체는
시간이 갈수록 지혜로워진다
보는 것이 보이는 것으로 바뀌면
눈을 감아도 볼 수 있다, 보라
저 보이지 않는 것들을

그대는 벗어날 수 있다
상상과 지식이 경계를 지어 놓은
무한의 한계까지

뭇매

그들의 혀는
창공을 가르며
흐르듯 재빨리 헤엄쳐 오고 있다

그물로도 포획할 수 없는
말들의 떼가 그 뒤로 눈부시다

수긍도
긍정도 아닌
벼랑 위에 서서 나는 귀를 가리고 섰다

봄의 하늘과
동쪽의 하늘에 때맞추어 피어오르는
새파란 물보라

2

기억이 선택한 시간들

너와 한 번쯤은

한 번쯤은 풀꽃 같은 너와
한 살림 살아보고 싶다

둘이서 밥도 해 먹고 산책도 하고
나란히 앉아 티브이도 보고

어르듯 불러주는 노래를 들으며
꾸벅꾸벅 졸고도 싶다
겨울 밤
빨간 내복 안으로 손을 쓱 집어넣어
등을 긁어 주면
잠꼬대처럼 시원하다고 하는 말도 듣고 싶다

그렇게 살다 보면 두 번은 못 사는 이 세상이
아쉬워질 거야
한 번 더 살 수 있으면 좋겠다 생각하겠지

그런데 한 번은 또 누구와 살지

코미디

유리 상자 안의 개미 굴, 층층이
분주하게 오르고 내리고 멀어지고 다가가는 광대들
걸음을 잠시 멈추어 보라
깔깔대던 웃음 어딘가에 방점을 찍고
그곳으로부터의 거리를 한번 재어 보자

연기라는 행위는
하늘과 땅, 인간의 소프라노 베이스 사이의 계단을
어지러이 오르내리는 일
보폭으로 가치를 만드는 일

그러나 서로의 거리로 서로가
종횡으로 쫓고 내닫는 코미디일 뿐이라고
그들은 왜 사는 일에 대해서 한 번도 말하지 않는 걸까

단 일 막의 연극
시간의 무대 위에서
수많은 주인공들이 아슬아슬하게 웃기고 있다

풍화

잘 여문 콩깍지 속의 콩
백 년 내내 굳어가는 시멘트
코끼리의 갈비뼈
36만 킬로미터 무사고를 기록한 나의 승용차

손자가 11년 동안을 규격대로 성장하고 있다

행성은 태양을 돌고 있고
아침이 어제처럼 만들어진다

물의 가변성은 변함이 없다
불은 식지 않는다
아연과 묽은 황산이 만나 수소를 만든다

기도하는 자세에 실린 무게
페르세폴리스의 돌기둥
첨탑 위 풍향계의 지향
악기의 소리……

아, 저 같은 충실함 속에서
나는 위기를 느낀다
나의 지각이 빠른 속도로 풍화되고 있다

눈 내리고 소리 없이

소리 없이 소리가 들려와서
눈이 내리고 눈은 날려서 갈무리된 의식을 흩는다

심연으로 집중하던 내력이
이제 와 어금니에 모래처럼 씹히는
이 낯섦은 대체 무슨 의미인가

비어 있는 공간으로 하얗게 채워지던 눈발은
기원이었을 것이다
두 손바닥에 낀 얇고도 산뜻한 방언이었을 것이다

차디차게 내려오는 언어들이 쌓여
무게를 받은 지붕이 꺼진다
오래된 경험 가운데 빛깔 있는 것들이 따라서 먼저 묻히고
일찍이 걸음을 버린 자들이 풀어놓았던 소망도 함께 종적을
감춘다

솟대처럼 기립해 소리 없이 들려오는 소리
소리를 따라 떠오르는 뭉구리의 얼굴이 있다

진작에 밤이었던 것들이

더욱 침침해진 위로가 아닌 것들이

손바닥을 풀어낸 언어에 자욱이 덮인다

눈발 속에서 표정도 없이 일렁이곤 하던 인용문들이 보일 듯
사라져 간다

몸이 분리되고 있다

지금 얼굴 아래로는

확고한 발성이라도 있어야 한다

목구멍은 아직도 나의 것이다

성대를 통과하며 찌그러진 얼굴이 애써 웃고 있다

기다리는 일은 시간이 흘러도 단정하지 않았다

그림자 자르기

숲속에서 밤이 잰걸음으로 빠져나가고 있었다
선잠을 깬 박새가 눈부신 듯 두리번거렸다
나뭇잎들이 어제의 저녁을 기억해 내며 조금씩 몸을 흔들었다

가지에 걸려 있던 랜턴불이 꺼지고
그는 기침을 하고는 손등으로 눈을 비볐다
잠겨 있던 연무가 텐트 아래로 잦아들기 시작했다
재빠른 수작업이 작은 바람의 공간을 열었을 때
저항 없는 개문開門이 숲의 날숨을 받았다

그는 심호흡으로 한 여자를 떠올리며 숲의 바깥쪽에 시선을
주었다
그는 꿈의 그림자를 자르고 있었다
꿈, 꿈은 한때 엄숙하며 고결한 속박이었다

새벽 갓밝이에 밀리어
여자의 형상이 여울지며 멀어지고 있었다
아주 밝은 빛이 정수리에 닿을 때까지
그는 오래도록 한 자리에 서 있었다

불면

큰곰자리 돋보이는
이 밤 나는 잠을 이루지 못하네
뜨락의 분꽃 거듭거듭 셀 때마다
까맣게 꽃씨로 굳어지는 의구심

찌르레기 소리에 환영처럼 어리는
내 마음의 아내여
그대가 자랑하던 은사시나무숲의 근황은 어떠신가

여느 불꽃으로는 밝히지 못할 우거진 어둠
하양 노랑 빨강
시드는 꽃부리 위로 하나씩 켜 놓는
천년 조바심의 꽃등

일행

시든 풀꽃이
발에 밟히고 있었다

아무도 그 꽃의 이름을 묻지 않았다

보고 있었다

눈을 못 보는 천사 앞의
양은그릇

동전 몇 닢이 담겨 있다

초록색 지폐 한 장을 놓았다

문득 하얀 눈을 떠
그것을 품 안에 꾸리고 그는
다시 눈을 감았다

감긴 눈 속에 뜨고 있는
또 하나의 눈이 있었다

코모도풍

홀로 앉아 몇 잔 술에 잠시 자유를 얻는다
늙은 왕도마뱀 한 마리가 슬며시 곁에 와 머문다

어둠이 더 친숙해지는 나이도 있나 보다

세상의 끝이라는 이름의 색깔이 있다면
그것은 흰색일 것이다
길 위에 서서
지나온 여정이 검게 변하고 있는 것을 바라본다

—풍요란 아침을 맞이하는 마음

코모도 섬 정저井底 같은 어깨 위에
술 한 잔을 부어 준다
한 평생 무게 지웠던 뼈

부지런히 걸어 결국
처음과는 전혀 다른 모습으로

제자리로 돌아온 공간 속에서도
도마뱀은 지금처럼 조용히 곁에 머물 것이다

문득 술잔에 넘치는
파도 소리

오늘 밤은 이렇게 주문한다
섬이 되어라, 어둠이여

캔버스

그날 꿈속에선
바람 자는 샤갈의 마을에도 난분분하더니
선잠에서 깨어나면 졸음 섞인 음률로 색색色色
귓가에 풀솜처럼 내려앉기도 하더니
모시 올 같던 기억 속 따슨 시간들을 밤 없이
망각 속으로 살풋살풋 실어내 가던
그 모두가 때깔 고운 풋사랑의 꽃잎들이었네

우긋한 봄날
꼬깃꼬깃해진 가슴을 다려
순백의 지상 위에 수줍게 펼쳐 놓아 보느니
때 이른 낙화여 어느 못 잊을 추억에 끌려
한 폭의 정담으로 내게 다시 오리라만은
나의 상상은 용퉁하여
네 고매한 붓끝에 힘을 지울 수가 없구나

대서

염소 뿔도 녹인다는 대서
잘 갖춘 냉방 속에서 버티고 있는
형체와 내재율과 이분법은
모두 남의 사랑이었나

작열하는 태양보다 더 희고 조용한 눈 앞에서
누군가는 미소로 죽어갔고
간절히 소생하는 어떤 생명이 기억나는
이 계절에 나의 사랑은 멀다

내 염원이 근근이 부지할 곳은
한정이 없는 넓이의 혹서
그 품의 한 부분을 헤고 있는
어린 물고기의 체온만 한 그늘뿐

4. 21.

비를 맞는다는 것이
무엇인가가 마음 편히 젖게 두는 일이면 좋겠다
아무렇지도 않게 드러난 부분 또는
드러내고 싶은 전체 같은 것들

젖는 것에
덜 익은 의식은 긴장한다
비는 한갓 물방울이지만
눈물과는 달리
스민다, 스미는 것은
무게이다

한목 무너져 내리는 저 끝
가뭄 든 정원에 사태가 이는 날들은
오랫동안 달력에
두 개의 숫자만 남겨 두었다

그냥 젖어도 좋을 것들을 더 생각해 둔다

모자라는 숫자들을 채우고
그만 들추지 않는다
비가 내릴수록
치밀해지는 보늬가
심연의 무게를 덜어 주리라

기억이 선택한 시간들

이 빛바랜 사진 속으로 되돌아가고 싶을 때면
나는 수동적이 된다

묵연한 압축 풀기
입 안 가득 이끼 같은 침을 씹으며
한 너비의 해묵은 영역을 맞이한다

도구를 손에 들면
흐릿한 단면들이 날름 틈 속으로 박힌다
공간은 장악되거나 소멸한다

내 작은 유산들을 물끄러미 바라보다가
대범해진 눈으로 뇌의 단추를 누른다
활동사진이 영사된다
한 손으로 수정된 키를 돌린다

어디선가 시작되어 걸쳐 있는
시간 사이의 사다리에

붉은 횃불이 피어오른다
나는 무엇인가를 겨누고 조명하고 의식한다
유한하고 혹은 무한한 집착을
주름진 시간의 현재에서 이해한다

나는 기억 속에서 선택된 시간이다

그 길

구두 한 켤레를
대문 밖에 내어놓았다

닳고 긁히고 찌든 시간들과 함께
신을수록 발보다 더 익숙한 발이 되어가던
낡은 소가죽 구두

구두처럼 해진 내가
서로 닳아가던 구두를 버렸다

구두는 이제 걷지 않아도 되는 길로 들어섰다

해지면
헤어져 가야 하는
겸손한 그 길

비

그는 이미 탄원도 반성도 아니다
그는 내리면서 스스로의 진면목을 포기한다

그는
양철통의 비명이고 벼잎의 수다이며
달팽이의 촉각을 어루만지는 손이다
그는 꽂히지 않는 무른 송곳이다
어느 심연에 이르러 비극적 파문으로 넘치는 환각으로
그를 맞는 자들의 가장 외적인 본색으로
찰나를 일으키고 찰나에 사라지는 수궁이다

어떠한 수단으로라도
그를 맞이하는
그것은 우리를 성장하게 한다

백록담에서

여성스러운 남성이
여자를 바라보고 있다

남성스러운 여성이
남자를 바라보고 있다

그들의 눈은
하늘이 잠긴 화구호를 닮았다
남자는 남성을
여자는 여성을 벗어나고 싶을까

노랑가시돔이 이따금씩 들러 가는
백록담은 오래전부터 양성兩性이었다

나의 휴화산에도
백록담이 출몰할 때가 있다

3

일기예보

일몰

낙조를 보러 간 정서진에서
다시 도플갱어를 만났다

이해는 타협이지요 하며 여전히 한 사람은 되뇌고
흉금을 터는 쪽을 생각하면 그렇지
뜸을 들인 후에 다른 사람이 받는다
한쪽이 더 손해를 보는 흥정이 될 걸세

그날도 속이 상해 있던 나는 그들의 뒷모습을 쳐다보며
무심코 또 흥정을 생각해 본다
그들은 무엇이 겨루는 이해에 대해 말하고 있지만
사람들에게 무엇이란 게 과연 손익의 얼마나 되는 무엇일까
그 분기점의 잣대, 그 가치는 누가 다루는가……

그들의 다음 얘기는 여기서도 들리지 않았다
나는 왜 그들의 이야기 속에 자꾸 끼어드는 것일까

단어 하나가 똬리 틀고 있는 머릿속이 더 복잡해졌다

이해의 흥정이 마음의 무게인 것처럼
해는 말없이 기울고 있었다

석양의 끝물을 뒤집어쓴 두 사람의 색깔이
먼발치로 식어가고 있었다
오늘은 낙조를 보지 못하고
일몰만 보고 되돌아왔다

플라타너스

나는 나의 대칭
거울을 들여다보며
갸우듬한 얼굴로
그대를 오랜 기억으로부터 떠올리는
그 얼굴의 모순 속에는
눈시울 붉은 그대가 겹친다

거울을 떠나면
얼굴에 묻어 있던 그대도 떠나고
나는 일상으로 되돌아와서
다른 그대에게
거울 밖의 얼굴을 보이고 있다
내가 확인할 수 없는
그때 나의 표정은 늙은 플라타너스처럼
조금은 더 투박하고 고전적일 것이다

관계

지키는 것이 아니라
참는 것
기다릴 수 있어야 하는 것
기다리면 깨닫게 되는 것

거기 약간의 위선을 덧칠하면 완성되는
투명한 끈

그날이 오면

오감을 거스르던 기억을 더듬어 굳이
분별이라는 걸 배우지 않아도 되겠다

이형화나 변질자를 가리지 못한다 해서
홀로 얼굴을 붉히며
외로워할 필요도 없겠다

마음의 여행 중에 마주치는 주검들
간직했던 최초의 기억과
첫 박동으로 몸을 흔들던 심장을 구실 삼아
위로의 말 부디 하지 않아도 되겠다

익숙지 않았던 냄새와 변태로서
존재를 받아들이는 일
세포 곳곳에 남고 남기고 버려진 편력의 산물인
제 몸의 배설물을 자신인 양 어르며
대비와 연출의 한 시기를 살아온
이 찌꺼기들의 고독을 납득할 수 있게 될
그날이 오면

빈자리

이 빠진 자리 하나
오래 비어 있었다

가다가 문득 혀끝을 대어 보면
언제나처럼 허방이었다

마음속 어떤 이는 달랐다

늘 비어 있는 자리인데도
왠지 비워지지 않았다

푸른 이마

입술에 첫 단풍이 들었지 그 가을
넘실대는 바다
그대 푸르른 이마에
온몸으로 입맞추고 싶었지
서녘처럼 노을 진 이름 하나 새겨 놓고
홀로 청춘의 닻을 내리고 싶었지

그대 눈은 기다림처럼 감겨 있었고
내 입술은 해풍에 날리고 있었지
어른들의 세상에는 중심이 없었지
종내 바다 너머 회오리로 그대
핑 돌아 내닫고 말았지
이마 속 잠행하려던
그대와의 시간이 잠깐 사이
겨울을 향해 광속으로 멀어졌지

환영일 뿐이었지
눈 덮인 그대

녹을 수 없는 파문으로
평생을 베일 뒤에서 일렁일 것이었지

미리내를 흐르던 젊은 피는
혈전으로 남아
아직도 흐를 줄을 모르네

일기예보

창밖의 층층나무 가지에는 회색 구름이 걸려 있었지
기상청은 전국적으로 진눈깨비가 내릴 것이라고 예보를 했고

기억 속에서 유독 청명했던 우리

겨울 아침이었는데
하얀 맨발의
그녀 입술은 얼마나 서늘하고 촉촉했던지
그 간밤엔 잠깐 동안이지만 우주가 깜박 사라졌었지

계절을 잊은 따슨 바람은 여유롭게 건들거리고
마음속엔 붉은 포인세티아 잎들만 온통 흐드러졌었지
나는 드디어 찾아냈지
두 사람이 입술을 지피면
둘에게 알맞은 온도는 몇 도까지 올라가는지
몸과 몸이 닿아 서서히 발열하고
더하지도 덜하지도 않게 살짝 그을릴 만큼
사랑은 그쯤 그래야만 되는 걸 알았지

목숨이 푸르러야 사랑을 할 수 있는 것
목숨이 푸르러야 아름다울 수 있는 것
나뭇가지 위 젖은 구름이 끄덕이고 있었지

한랭전선이 물러간 후
가볍고 따스해진 그녀의 가슴을 끌어안았네
난생처음처럼 바로 그 입술이 그곳에 있었지

예보관이 오보를 해도
아랑곳하지 않기로 하네
눈비 내려도 언제나 푸른 하늘
그녀의 입술은 그때처럼 서늘하고 촉촉하였으니

슬픈 노래

이제 떠나려 하네, 돌아서면
아늑했던 둥우리와
귀에 익은 지빠귀 울음소리도 낯설어지겠지

바람 한 점 없이 흔들리던
나무는 등 뒤에서 헛기침을 하네

환영처럼 시야를 어지럽히던
추억들이 잔물살을 일으키며 흘러가고
지층을 뚫고 내리는 무게로
마뜩찮은 이가 오는지 작달비가 나무를 에워싸네

아득한 들판 위에
지칫거리며 남겨 놓을 발자국들이 먼저 보이고
돌리지 못하는 고개에
목줄을 걸어 당기는 손이 있네

나무는 사선으로 구름만 좇다가

빈 집이 될 터이고
가난이란 것이 무엇인지 나도 그제는 알 것이네

나비잠 자며 꾸던 꿈들이 우죽마다 물러앉네
이제 들메끈을 조여야겠네
고마운 시간들을 한순간처럼 보듬어 안고
어딘가 깊은 곳 내가 닿을 궁극의 초록을 그리며
슬프지 않은 노래를 그림자처럼 끌고서
먼 길을 떠나야 하겠네

가지치기

어느 날 궂은 오후
실내에서 손수 가꾸어 오던 오래된 나무에
전정가위를 들이댄다
그 누구도 말릴 겨를도 이유도 없이

식물은 자세를 고정하고 서 있다
투정도 비명도 없다
하필이면 지금인가, 왜
그 까닭을 서로가 뚜렷이 아는 바 없다
겨울도 한 중간에 들어섰는데
잘 자라던 초록 잎 달린 가지들이
영별의 바닥으로 툭툭 떨어진다

일방적인 행위에 대해
이 뜻밖의 체험에 대해
미리 주고받은 사인은 아무것도 없었으니
잘린 가지는 앳된 새잎을 달고 다만 죽어갈 뿐이다
표적이 되는 자

겨누어 범하는 자
한 순간의 결기가 화석처럼 굳어
하나의 규범인 양 저질러지는
무언의 관행

이윽고 어둠이 내리면
누구에게나 안식이 필요한 시간이 다가온다
납득하기 어렵게 이루어지는 일들이
시간의 땅 위에 불의 수레바퀴 자국을 남겼다
내일의 요행을 희망하며
한 번 더 길들여진 채로 해답은 질문 속에 잠기고
수긍도 부정도 못하는 위태로운 균형은
한동안 이어진다

남루

돋아나는 새순
비슷한 것은 가짜이니
봄이 정녕 소생의 계절이라 한들

변화는 익명의 신인가
기억의 혼돈

찰나들을 짜깁기해 개켜 놓은
낡은 융단일랑은 펼처
여름이 오는 빈 벽에 걸어 두고

벗은 몸을 꿇리어
한참 시장기 돌아
고요하고 낯설게 봄볕이 스쳐 갈 때

청수국

너에게 줄 것을 찾고 있어

네가 원하는 것이 아닌
내가 주고 싶은 것

너도 모르게
내가 너에게서 받았던
무한 속에 나를 무릎 꿇게 한 것

너에게 꼭 주고 싶은
바로 그것

그림자

새는 그 시각에 어김없이 날아온다
과거의 낟알을 찾지 못해
고개만 갸우뚱하고 날아가 버린다
빈 터에는 마른 잎과 고요만이 남는다

새에게도 기억은 신념이다
신념은 실패할 수도 있다
마음을 신뢰하는 일은 모험이며
파종 후의 기다림처럼
기억의 선명성을 믿는 일이다

새는 그 항로를 따라
아름답게 다시 올 것이다
그의 기억은 과거이며 현재이다
그는 왜곡 없이 본능을 따를 것이다

새는 모이 때문에 오가는 것이 아닐지도 모른다
새는 날아갈 때

가장 멋진 날갯짓을 제 그림자로 보여준다
그럴 만한 충분한 이유가 있다는 듯이

환절기

배롱나무 꽃도 지고

그늘 따라 자리를 옮겨가며 졸던 고양이도
볕을 좇는다

대구치 하나가 흔들린다

한 계절이 지나가고 있다

무리

이곳의 무리란 달개비의 군락을 말한다
그 수상한 며느리밑씻개라는 이명을 가진
두 개의 이름에 마치 우주의 정의를 담은 것처럼
질퍽이는 습지에서 이들은 얼마나 당당한가
지붕이 뾰족한 헝겊 텐트나
간이 벽의 너절한 사진조차 없이
무슨 모의를 하고 있는 건지
장화를 신고 들어가야 하는 저들의 영역에
상시 진눈깨비가 내리고

아, 내가 하고 싶은 말은
동인이명에의 기능이 아니라 기질인 것이다
저들이 모여 있는 그 습한 곳에서 함성 속에서 색깔 속에서
작은 환형동물들은 일체 존재감을 잃는다
알록달록 우쭐우쭐 무리 짓고 무리 짓고
무리 짓는 것만이 어떤 이름으로
딱히 정의할 수 없는 역사가 되고 있는
어제요 오늘이다

겨울 일기

혼자 가는 길이어서 더 고독한 길이 아니듯
드러내지 않아도 드러나는 것들은
곁에 누군가가 있어서가 아니랍니다……

나무는 한창 녹음 속에서는 자신을 감추고
세상이 더없이 혹독할 때
벗은 몸을 세워 놓는데

새삼 눈이 떠지고
우러르게 되는 것은
그처럼 나무이고 싶기 때문입니다

시방 마음 한가운데로부터 엄동이지만
벌거벗은 에고 한 그루
제대로 내어놓지도 못합니다

눈

무거운 눈은 녹고
가벼운 눈은
쌓인다

녹으면 흐르고
흐르는 것들은 고이며
솟은 것은 날려서 흩어진다

저 모순 같은 균형을 보라
무거운 것은 가벼움을 누르고
가벼움은 무게의 위에 있다

에라토여
사랑도 필경 눈과 같아서
그것이 영혼의 뜨락에 내리면
산과 호수, 바다와 계곡은
가슴속에 광활해지고
그것은 하늘로 향하기 위해
더욱 분주해질 것이니

4

자화상

풀잎 하나가

가도 가도 씻기지 않는 어둠의 편린 하나가
홀로 떠가고 있다

아득히 보이는 그곳은 눈부신
빛이란 빛은 모두 모아 놓은 모꼬지
색깔이 승화되어 막다른
우리 모두 흘러가서 언젠가 닿을 곳

까불리며 흘낏대며 물살에 몸을 맡긴 채
수척한 생애를 싣고
풀잎 하나가
하얀 빛 쪽으로 사라져 가고 있다

메아리

그 겨울이 지난 한참 뒤였다

먼 산을 바라고
불러 보았다
아버지

메아리가 대답했다
오오냐

반가움에 울컥하여
나도 모르게 눈시울을 훔쳤다

메아리는 알고 있었다

손을 잡고 곁에 서 있던 아이가
가만히 나를 불렀다
아빠

밤의 엘레지

밤이라 하기에는 너무 어두워
강물은 흐름을 멈추고
도시는 깊숙이 가라앉았어요
빛은 애초에 존재조차 없었던 것처럼
검은 섭리에 잠기게 하는 밤의 손길은 끈적여요
나는 빛 속의 기억들을 거푸집 안에 재우고
몸을 맡기지요
정적 속에 고갈되어 전혀 새롭게 태어난 듯
한 구의 판박이가 되어 젖은 땅으로 누워요

날개

시간 속 갈피를 누비고 싶었어요
아침마다 청년의 나날은
온갖 솔개 벌새 까마귀들의 날개만이 선망이었지요

회오리처럼 앞뒤가 불명하던 삶에게
상상 속의 날짐승들은 아무것도 내주지 않았어요
마음의 두리번거림을 버리고
사유의 끈에 전신을 매달아
뻿상모 돌리듯 휘저으며 다녔더라면
자유 더없이 흥건했을까요

고르지 않아도 다가드는 날개들이
원근 도처에 분분한 지금에 와서
망망했던 청년이 그리워지는 것은 왜일까요
가슴 밑을 치받아 오르는 참대 같은 그리움이
이제 벅차도록 푸르릅니다

양귀비

몸 져 버린
한해살이풀

시든 꽃대궁도
그대처럼
꽃의 노래를 그리워한다

공포

말의 해일이다

모든 것은 다 변해도
그 어느 것 하나 바뀌지 않았으니
말을 만들어 놓는 입이 그렇다

나는 귀 밝은 수부
말의 바다가 넘쳐 하늘을 가릴 때
포보스여
나의 신탁만은 두 눈으로 받을 수 있기를

후렴

선이 산맥을 규정하면
선의 층, 선의 벽, 선의 안팎에서 작은 노래들이 샘솟았고
선에 이르다 보면 이지理智의 눈이 밝아졌다……

연륜과 믿음의 공백에서
암흑은 비극의 오름이 아니라
시간 아래 평화의 공간이었다
입구만 있는 고정된 바닥에서 침묵이 탄생하였고
침묵이 안에서 함성을 끄집어낼 때까지
초점들은 출구를 찾지 않았다

생애 내내 다시 긋는 선들에 선이 겹치고
선은 천개天蓋가 되어 하늘을 당겨
예속되게 하였다 예속은 불잉걸 속에서도 습하기만 했다

맞춤 맞은 체온으로 희열이 깃드는 시각이 되면
방관자들은 통과의례의 아이러니에 귀속되었다
우주 속 질곡에로의 금속성 해탈은

생명의 맨 끝에 걸리는
밧줄 없는 오선의 가교였다

삶의 후렴을 너무도 짧게 노래해 온 우리
곡목조차 없었던 시간들
탄생의 희극적 의미 속에
가사의 불투명이
고대사를 읽어놓은 선처럼 비극을 덮었다

꿈이 아닌

꽃잎이 될 수 있다면
꽃잎 속에 꽃잎의 색깔이 되어
꽃향기로 그대를 확인할 수 있다면
속살보다 더 포근한 무형의 질감을 혀끝에 묻히고
그대의 희고 가느다란 손이 꽃대궁을 휘감을 때
나는 먼저 스스로를 부러뜨리리
얼굴 가까이 닿은 꽃잎이
처음으로 그대의 숨결에 흔들리면
꽃내음 아껴
더 두터운 커튼을 치고 몸져누우리
입술 없는 입맞춤이 바람으로 스쳐도
나는 아프도록 외람된 사랑에 빠지네
빛나며 떠오르는 별들이 눈처럼 내릴 어둠이라면
온통 웃는 눈들만 모아
봄날 해동의 의미로 앙가슴에 쌓아 두리
향기 속에 꽃잎을 심어 뿌리를 거두고
손끝에 회오리 도는 따슨 빛깔로 기다림과 승천을 배워 마침내
그대와 더불어 꽃빛으로 오르리

꿈은 꾸지 않아야 하리
꿈은 꽃처럼 피어나는 것이 아니라
만질 수 없는 그대의 적막이므로

나비의 얼굴

신은 어디쯤에
그의 얼굴을 내어놓고 있을까

보이지 않지만 어쩌면 마주하고 있을
세상의 보고 싶은 얼굴들

가슴으로부터
진작에 생명의 심지 끝으로 피워낸 그들의
주름의 깊이와 굴곡의 잎과 색깔의 음률로
상징 없이 우러나오는 숫맛이 보고 싶어 머리를 디밀면
얼없는 뭇 환영들은 일률일색의 낯짝만 보일 뿐이다

믿음은 진실의 밖으로도 달음질치므로
뿌리의 즙, 살과 뼈가 섞인 것들이 이목구비마다 돋아나 있
다 하여도
원경으로 접하는 형상이란 대개는 허구이던가

꽃잎에 앉아 꿀을 빨고 있는 나비의 얼굴을

졸음처럼 아득히 바라본다

운 좋게도 쓰다듬고 싶은 낯익은 얼굴이 거기 찰랑댄다

정물화

하얀 테이블 위에
소시지 몇 도막과
잘고 반듯하게 떠 놓은
짐승의 부분들이 담겨 있는 므아레 접시 하나
그리고 반짝이는 포크와 나이프

일용하던 강죽의 기억과
워리워리 소리와
힘차게 뿜어내던 콧숨이
삶아진 채로 얌전히 놓여 있다

어느 화가에 의해 이 모든 것들은
그림 속에서 이렇게 다시 태어났으니

부분과 전체가 집산集散하게 하는 부활의 수레바퀴는
시간 속에 숨어 운명을 돌리고 있다
그것과 거래할 수 있는 것은 어디에도 없다
그것은 영원히 한정되어 있는 것이기에
극히 사소한 부분까지 선택을 받아야 하므로

에트랑제

나에게 물었다
나는 누구인가를

나에게 물었다
행선지가 어디냐고

나에게 물었다
기도문의 내용을

나에게 물었다
참회에 대하여

이 모든 것을
너에게는 묻고 싶지 않았다

만추

나의 충실한 그림자를 또 잃어버린다
본시 내것이 아니었으니 정확히 말해서 잃은 것이 아니다
이 가을 양지에 내리는 따슨 햇볕의 임자도 따로 있다

발에 밟히는 땅과
하늘과 바람과 눈송이 하나에도
나는 다만 닿아 있을 뿐이다
털옷에 달린 단추처럼
털이 그것에서 비롯된 것 같은 착각 속에서

행복의 등대가 어디에도 예속되어 있지 않다는 것을 몰랐던 일
소유와 종속 따위를 혼동했던 일들을 생각해 본다

소유할 수 없는 것들이 이다지도 많다는 건 이상한 일 아닌가

나, 세상에 태어나 부끄럼도 없이 손을 벌리고
잃을 것들을 품으며
아이를 기르고 허물을 벗었다

나, 지금 번호가 부여된 하나의 존재가 되어 있다
나는 누구의 것인가
둘러쓴 거죽 속의 정체에는 아무도 관심이 없다
이 요행과도 같은 시점에
태양은 어둠 속을 지나간다

바다의 영혼이라도 간절히 믿고 싶은 계절
일개의 생애지만 이토록 앙상하게 수그려야 한다면
삶은 상실이 아니라 현상인 게 맞다

홍엽이 한 잎 진다
그뿐

성장은

안에서 밖으로 밖에서 안으로
무엇보다 한동안
이것은 내밀의 문제

아기가 아장거리며 걷는다
쟤는 언제 다 자라나
사실 별 의미도 없는 이런 행복한 걱정들을 한다

아기가 큰 소리를 쳐대고 악을 쓰며 울어도
시끄럽긴
그건 노래야 노래
여무는 거지

신께서 들으시면 어떨지 몰라도
신은 음악이 창조하는 것
오음에 싹트고
육률마다 열리며
깊숙한 곳으로 옹골지게 임하는 존재

아무렴 저 아기의 작은 키도 몸무게도
문제될 게 없고말고
음악의 전지전능
속속들이 알심으로 박히는 신들
성장은 그런 거지
어릴 적부터
안으로 갈무리되는 노래인 거지

자화상

뭐 그런 생각을 다 하냐고요
글쎄 말이지요만

가령 당신이 남편이나 아내라면
얼굴을 마주 바라보며
서로 주고받은 의의意義 있는 눈빛이
평생 몇 번 있었는가 따져본 적이 있느냐는 거죠
셈이 빠른 나도
도무지 기억할 수 없으니까요

그 많은 회색빛 고층 아파트와
아스팔트길과 자동차와 사람의 불확실한 형체들
스마트폰에 박히고 PC에 치여 얻은 피로를 탓하며
당신도 귀가하자마자 눈꺼풀을 아예 닫고 마는지 알고 싶은 거죠

꿈을 닮았던 관심은 또 어떻든가요
그게 무슨 의미냐고는 묻지 마시길

당신이 처음 그이를 만났을 때
집중과 원망願望을 실어 보내던
그 간절하고 풋풋한 시선은 어디로 잠적했는지

홍채는 게을러져 안구에 싫증을 내고
망막에는 피곤한 잔상들이 부산스레 영사되는
이 눈동자 없는 얼굴의 가치는
시방 얼마나 될까 해서 하는 말입니다

빛, 귀의歸依

어둠으로부터의 초월을
신성이라고 말할 수 있다면

신이어 하고 외칠 만하다

아뉴스데이
구원은 예술, 영혼의 거울이다

형체 없는 형상에도 에로스는 도금되어 있다

양들은 나의 갈망을 뜯어먹고 살찐다

어둠이 상승하면 어둠을 잃는다
황금의 나라로
나는 힘겹게 내 무덤을 깨고 있다

욕망과 그 아름다운 좌절과 — 노두식 시인의 시세계

김 윤 식

욕망과 그 아름다운 좌절과
── 노두식 시인의 시세계

김 윤 식 / 시인

1.

  그의 시 원고를 받아 들고 열흘을 그저 망연히 보냈다. 그 뒤의 또 열흘은 몇 편의 시를 골라 빼느라고 보냈다. 출판사 쪽에서 분량이 넘 친다며 그리 하라고 했다는 것이다. 그는 그 일까지 내게 짐 지웠다.

  그렇게 오늘까지 스무 날이 지나면서는 불현듯 그가 독촉 전화를 하지나 않을까 불안해지기 시작했다. 그러나 그 후로는 다시 전화를 하지 않았다. 그래 그 불안한 고요, 그 조마조마한 적막이 오히려 나를, 내 살을 더 말릴 지경이 되었다.

  여기서 잠깐, 앞의 '그 후로는'이라는 말을 해명하고 이야기를 마저 하자. 그는 처음 원고를 보내고는 닷새쯤 지나서 내게 한 번 전화를 했었다. 원고에 관한 것이려니 하고 전화를 받았으나, 뜻밖에도 전화 속의 낮은 목소리는 원고를 보내 놓고 그냥 무심하게 있는 것이 혹 무례한 행위가 아닌지 묻는 것이었다. 싱겁기도 하고 멋쩍기도 했 다. 그러면서 원, 이렇게나 반듯하고 소심스러운 사람이 다 있다니,

하는 생각이 들었다.

아무튼 나는 절대 그렇지 않다고 보이지 않는 손사래까지 치며 부정했지만, 그러나 실제는 그의 전화 목소리에 내가 더 소심으로 오그라드는 것 같았다. 그리고 그렇게 보름이 가고 스무 날이 훌쩍 지나면서 마침내 내 살을 족족 말리게 된 것이다.

무슨 말을 하려고 이렇게 장황히 쓰고 있는지 다 짐작이 갈 것이다. 나는 정말이지 오늘까지 그의 시에 대해 가타부타 단 한 줄도 적지 못했던 것이다. 읽어 알 듯하고, 말을 걸어 공감할 듯하고, 같이 걸을 듯하고, 함께 앉아 웃을 듯, 울 듯하다고 생각했는데, 실상 그의 시에 대해서 나는 한마디도 시원하게 말할 수가 없었다.

차라리 사전을 놓고 웬만한 영문을 번역하는 것이 백번 나을 것이었다. 어떻게 해설을 하랴. 어떻게 그의 정신을 내 부지깽이 같은 손으로 헤집으랴.

이런 곡절로 부진해진 소화消化와 함께 몇 근斤의 살이 좋이 축난 것이다. 그러나 어쩌랴. 이제는 피할 수도 버틸 수도 없어 용기를 내어 다시 읽고 쓰지 않을 수 없으니.

2.

노두식의 시들은 이 세상을 향해, 흔히 말하는 사회나 민중, 그런 쪽을 향해 열려 있지는 않다. 어느 지면에선가 현실의 모순을 옳게 인식하고 그 극복을 위해 고투하는 문학과 그렇지 않은 문학의 대립이 문학의 근본 문제라고 진단한 평론가 최원식의 논리대로라면 노두식의 시들은 분명 후자, 그렇지 않은 문학 쪽에 선다.

> 한 번쯤은 풀꽃 같은 너와
> 한 살림 살아보고 싶다
>
> 둘이서 밥도 해 먹고 산책도 하고
> 나란히 앉아 티브이도 보고
>
> 어르듯 불러주는 노래를 들으며
> 꾸벅꾸벅 졸고도 싶다
> 겨울 밤
> 빨간 내복 안으로 손을 쓱 집어넣어
> 등을 긁어 주면
> 잠꼬대처럼 시원하다고 하는 말도 듣고 싶다
>
> 그렇게 살다 보면 두 번은 못 사는 이 세상이
> 아쉬워질 거야
> 한 번 더 살 수 있으면 좋겠다 생각하겠지
>
> 그런데 한 번은 또 누구와 살지
> ──「너와 한 번쯤은」 전문

혼자 사랑에 젖어, 그 다정하고 아쉬운 감정을 솔직하게 밝힌 이 시의 위치는 모순 가득한 현실의 공간이 아니라 시적 화자의 관념 속, 지극히 개인적이고 사적인 욕망의 공간 속에 놓여 있다. 그러니까 이 시를 '그렇지 않은 문학' 즉 개인적인 문학이라고 해야 할지 자기 내부적 문학이라고 해야 할지 모르겠다. 그러나 그렇다고 해서 노두식의 시가 독자, 민중들의 기호를 끌어당기지 못하고 외면당할 이유는 없을 것이다. 여전히 이런 시가 쓰이고 또 읽히고 있지 않은가. 시가 대중의 삶의 모순을 타파하는 데에 헌정되어야 한다는 것은 압력이고 짐이다. 한번 다시 읽어 보자.

이 시는 달리 무슨 해설을 필요로 하지 않는다. 읽어 대번에 아주 쉽고 단순하게 납득된다. 남자들끼리 모인 어느 자리에서 제각각 한숨처럼 꺼내, 한 마디씩 던진 세속적인 방담처럼 들리기도 한다. 그러나 이 시편이 그렇게 한번 읽고 덤덤히 내려놓을 정도의 평범한 작품만은 아니라는 이야기를 한다. 겉으로는 혹 술기운 끝에 옆사람 누구에게 툭 뱉을 수 있는 반 농담 같은 고백으로도 들리지만, 이 시의 화자가 품고 있는 원망, 욕망, 곧 '풀꽃 같은 너와' 함께 '한 살림 살아보고 싶다'. 현실에서 전혀 실현 불가능한 원망이 우리의 가슴을 툭툭 건드리기 때문이다.

앞의 세 개 연은 남자라면 가질 수 있는, 최소한 사춘기를 벗어난 정도 나이의 사내라면 미숙한 대로 '너와 한 번쯤은' 품을 수 있는, 몽환 같은 상상을 적어 낸 시로 읽으면 크게 무리가 없을 것이다. 한국 남자들은 이렇게 "둘이서 밥도 해 먹고 산책도 하고/나란히 앉아 티브이도 보고//어르듯 불러주는 노래를 들으며/꾸벅꾸벅 졸고도 싶"어 한다. "빨간 내복 안으로 손을 쓱 집어넣어/등을 긁어 주"고 상대에게서 나오는 코 먹은 소리, '잠꼬대' 같은 반응을 남자들은 분명 사랑으로 알고, 분명 로망으로 삼는다. 그러나 아직 이것이 실현 가능한 일인지 모른다.

이에 반해 후미의 두 연은 솔직히 이미 한 번 '한 살림'을 살아본 사람의 내면 의식이다. 짐짓 주책없고 엉뚱한 욕망의 표출 같지만, 그래서 그것을 얼른 농담처럼 스스로 눙치듯이 하고 있지만, 이것은 앞서 말한 남자들이 미숙한 대로 가지는 로망에 대한 역설이라고 할 것이다. 그것은 시적 화자 자신이 단 한 번도 "함께 밥을 해 먹은 적이 없거나, 티브이를 같이 본 적이 없거나, 내복 속으로 손을 넣어 등을 긁어 본 적이 없는" 그래서 "……싶다"의 '욕망 충족'을 경험하지 못한 결핍의 존재였기 때문이다. 로망에 대한 역설로서 과연 화자가 '또 누구와 살 수 있을까. 불가능하다. 따라서 이 말은 라캉이 주장한 욕망의 환유換喩일 뿐이다.

이렇게 이 시는 시적 화자의 이루지 못한, 그리고 이룰 수 없는 원망, 욕망을 그 내면에 품고 있음에 술자리 방담 같은 쉽고 평범한 작품이 아니라는 말이다. 그리고 만약 한 걸음 더 이 시편의 안으로 들어가 이 아름다운 욕망의 좌절 아래에 도사린 화자의 고독함, 그 근원까지 읽어낸다면 그것은 실로 독자의 혜안이다. 특히 첫 행의 '한 번쯤은'으로 대변되는 시적 화자의 간절한 진정성과 맨 끝의 '또 누구와 살지'의 차마 속된 장난기(실제 더 짙은 욕망이겠지만) 같은 발설로 이루어진 수미首尾의 대조는 시의 구성상으로도 썩 재미있다.

큰곰자리 돋보이는

이 밤 나는 잠을 이루지 못하네
뜨락의 분꽃 거듭거듭 셀 때마다
까맣게 꽃씨로 굳어지는 의구심

찌르레기 소리에 환영처럼 어리는
내 마음의 아내여
그대가 자랑하던 은사시나무숲의 근황은 어떠신가

여느 불꽃으로는 밝히지 못할 우거진 어둠
하양 노랑 빨강
시드는 꽃부리 위로 하나씩 켜 놓는
천년 조바심의 꽃등
　　　——「불면」 전문

평론가 유성호는 노두식의 네 번째 시집 『꿈의 잠』의 해설에서 노
두식 시인의 삶을 "슬픔을 불가피한 배음背音으로 하는 고독의 자장
으로 구성되어 있는 어떤 것" 그리고 "꿈의 형식을 통해 자신의 실존
적 고독을 발견하고 표현한다."고 말한 바 있다. 일정 부분 동감한다.
그러면서 오늘 이 「불면」 시편에서 노두식이 껴안고 있는 한층 더 심
화된 '슬픔'과 '고독의 자장'을 확인한다.
　　그 말은 "이 밤 나는 잠을 이루지 못"한다는 시적 화자의 실토에서
먼저 확연히 드러난다. 노두식은 이제 생리적으로도 잠이 많이 줄어
든 불면의 노년에 들어섰다. 그리고 그에게 오는 밤은 "여느 불꽃으

로는 밝히지 못할 우거진 어둠"으로 꿈조차 꾸어지지 않을 것이다.

하지만 이 시에서 진정으로 읽어 낼 것은 앞의 시편과 마찬가지로 화자가 느끼는 욕망의 결핍이다. 간단히 말해 화자가 욕망하는 대상은 '내 마음의 아내'이다. 얼핏 시적 화자가 무슨 바람이라도 피운다는 생각은 말자. 여기 '내 마음의 아내'는 앞의 시의 '풀꽃 같은 너'와 마찬가지로 '환영처럼 어리는' 근접 불가능의 마음속 대상일 뿐이다. 즉 화자가 욕망하는 '아내'는 실체로서는 화자 자신을 충족시켜 줄 수 없는, 이미 결핍을 의미하는 은유적 대상이라는 뜻이다.

그런데도 이 시편 속에서 화자는 '굳어지는 의구심'과 '천년 조바심'의 심리를 실제인 듯 드러낸다. 그 심리는 표면적으로는 '분꽃'에게이지만 의미적으로는 은유적 대상인 '내 마음의 아내'에게 향하는 것이다. 현실에서의 의구심과 조바심은 노년의 남성이 '분꽃 같은' 여성(더욱 젊은 여성일 경우)에게 가지는 심리 작용일 수도 있을 것이다. 그러나 여기서는 욕망의 대상에 대한 좌절감의 표시 외에 다름 아니다.

물론 이 시에서 의구심과 조바심의 대상은 분꽃의 '씨'와 '시드는 분꽃'임을 우리는 안다. '씨'는 그 자체가 미래로서 새로운 생명, 새로운 세대를 상징하지만, 그 반대로는 그를 잉태한 현존재의 육신의 종말이면서 영원한 소멸을 의미한다. 소멸(죽음)은 욕망의 끝이다. 아름다운 좌절이다. 시적 화자가 "뜨락의 분꽃 거듭거듭 셀 때마다/까맣게 꽃씨로 굳어지는 의구심"을 가지는 것은 그런 속내의 드러냄이 아닐까 싶다. 거기에다 "시드는 꽃부리 위로 하나씩 켜 놓는/천년 조바심의 꽃등"이란 마음은 또 어떤가. 그리고 "여느 불꽃으로는 밝히지 못할 우거진 어둠"에 하나씩 켜 놓은, 시드는 꽃부리가 과연 소용에 닿을 것인가. 결코 그렇지 못하는 것이다. 그런 까닭에 화자의 내면에는 천 년이 지나도 끝나지 않을 조바심만 일렁일 수밖에 없는 것이다. 『꿈의 잠』 이후 7년여. 그의 욕망이 있던 자리, '꿈과 잠'이 있던 자리에는 이 렇게 쓸쓸하고 고독한 세월의 퇴적만 흔적을 내고 있다는 의미이다.

그런데 재미있는 것은 이 시에서도 화자는 앞의 시편에서처럼 하 나의 질문을 던지고 있다는 점이다. "그대가 자랑하던 은사시나무숲 의 근황은 어떠신가". 별로 필연스럽게 보이지 않는 이 질문은 무슨 의미일까. 우리는 '그대가(마음의 아내가) 한 자랑'과 '은사시나무의 근황'에 대해서는 그 내용을 모른다. 그러나 이 구절을 통해 화자가 내면의 들끓는 욕망의 의구심과 조바심을 슬며시 감추려는 듯 느긋 한 어조로 눙치고 있다는 것만은 짐작할 수 있을 것이다. 이것이 노 두식의 시가 오늘까지 걸어온 든든한 행보이고, 그의 연륜이며 술책 이다. 그러면서 그것은 또 한편 그 연륜 뒤에 가려 둔 쓸쓸함이며, 깊 은 고독의 자장일 터이다.

속살 내음으로 코끝을 스치는 부전나비
생머리카락의 율동에 따라 킬힐이
아벨리아꽃을 피워내는데
은종소리 꽃 속에 설레어
마음속 결결이 파문이 이는데
둔부는 고니처럼
후끈한 은하수 복판을 가르며 헤고 있는데
그림자도 없는 그녀의 환영은 온통 루주 빛인데

반복되는 기억의 스펙트럼으로

얕아진 아침 잠에 짙은 커튼을 친다

오롯이 그의 남자가 되어 보는 시간

꿈은 그러나 오래지 않아

실신해 버릴 것이다

　　　　──「상사화」 전문

「상사화」라고 제목을 붙인 이 시가 앞의 두 시편들과 다르다면 앞
의 것들에는 없는, 화자의 육신에 대한 욕망 같은 것이 드러난다는
점이다. 일차적으로 '속살 내음' '생머리카락' '둔부' 같은 육체의 일부
분을 직접 지칭하는 어휘들과 '킬힐' '루주'처럼 육신에 부착하거나 바
르거나 하는 물질 어휘들이 간접적으로 여성 육체의 이미지들을 생
성한다. 그리고 여기에 '부전나비' '아벨리아꽃' '고니' 같은 동식물들
이 동원되어 화자의 욕망의 대상인 여성, 여성도 한껏 젊은 여성의
육체적 신상을 보충한다.

　첫 연은 사뭇 육감적이다. 작은 몸체의 무늬 고운 부전나비가 팔
랑이듯 여성은 육감적인 속살 내음을 풍기는 루주 바른 젊은 여성이
다. 굽 높은 킬힐을 신고 걸을 때마다 긴 생머리카락을 살랑살랑 흔
듦으로써 마치 아벨리아 꽃송이처럼 은종소리를 낸다. 여성의 엉덩
이(둔부)는 마치 호수 위의 백조(고니)처럼 늘씬하고 아름답다. "후끈
한 은하수 복판을 가르며" 나아가는 그녀 뒷모습에 화자의 마음은 설
레고 '결결이 파문이' 인다. 육체적으로 매우 고혹적인 여성 이미지이

다. 이것은 분명 화자 내면에서 분출하고 있는 젊음에 대한, 육체에 대한 욕망일 것이다.

그러나 2연, 3연에서는 그것이 전혀 부질없는 일임이 드러난다. 근본적으로 여성은 오직 '기억의 스펙트럼에나 존재하는, 그림자도 없는 환영'이기 때문이다. 가령 화자의 욕망이 향하는 대로, 꿈속에서나마 '오롯이 그의 남자가 되'기 위해 '짙은 커튼을' 치고 잠들지만 '얕아진 아침잠' 속에서는 더 이상 풍성한 꿈이 꾸어지지 않는다. 혹 꿈을 꾼들 "오래지 않아//실신해 버리고" 마는 그런 부조화일 뿐이다. 잎이 마른 후에야 꽃이 핀다는 상사화相思花! 이 상사화의 운명이 아마 현실 속 화자의 모습일 것이다.

결론적으로 욕망은 이렇게 화자에게 충족이 아닌 지연이거나 허망한 좌절, 결핍을 안겨 준다는 점이다. 따라서 이 시 역시 앞의 시편들과 매한가지로 그 바탕에 깔린 정서는 쓸쓸함과 고독함이라는 말을 한다. 어느덧 삶의 종착점에 가까워져 가고 있는 시인의 젊지 않은 내면 욕망(육체의 욕구까지도 포함해서)을 들추어 보는 것은 차라리 자기 자신의 속을 들여다보는 것처럼, 수용하기 어려운 허망하고 쓸쓸한 일이 아닌가도 싶다.

여기까지 오니까 문득 이 시집의 앞에 실린 '시인의 말'이 생각난다. "나에게 있어 시 작업은 내면의 불명한 부분을 해체시켜 재결합하고자 하는 갈망의 수단입니다. 이 과정에서 더러 행복에 접근할 때도 있지만 고통의 질곡에도 갇히게 됩니다." 생각건대 그는 분명 '고통의 질곡'에 갇힐 것이다. 아니다. 이쯤 명확하고 분명히 고통의 질곡을 예감하고 있으니 오히려 그는 훨씬 더 자유로울 수 있을지 모른다.

3.

　이제껏 내 안목에 닿는 시들만을 골라 읽은 것 같다. 아니, 달리 생각해 보면 꼭 그렇지만은 아닌 것도 같다. 노두식의 시들이 민중의 걸음을 이끌, 그리고 위무할 그런 거대 호흡의 시는 아니라 해도, 또 톤 높은 선동이나 비장미悲壯美는 개재해 있지 않더라도, 당신도 그의 정서에 충분히 접할 만했기 때문이다. 앞의 노두식의 시편들에서 이미 우리는 너끈하게 '존재의 잊혀지지 않는 한 순간'을 만나고 있었지 않았던가.

　유종호가 서정주를 논하면서 인용한 "시의 목적은 놀랄 만한 사고로 우리를 눈부시게 하는 것이 아니라 존재의 한 순간을 잊혀지지 않는 순간으로 또 견딜 수 없는 그리움에 값하는 순간으로 만드는 것"이라는 쿤테라의 언설은 이렇게 노두식의 시를 이야기함에도 적절하다는 생각이다.

　하지만 다음의 시들은 들끓는 원망, 욕망은 보이지 않게 가려 놓고 오직 잔잔히, 물 흐르듯 흘러내리는 격렬하지 않은 인간의 한 성품을 읽을 수 있게 한다.

　이 빠진 자리 하나
　오래 비어 있었다

　가다가 문득 혀끝을 대어 보면

언제나처럼 허방이었다

마음속 어떤 이는 달랐다

늘 비어 있는 자리인데도
왠지 비워지지 않았다
　　──「빈자리」전문

아무런 부연 설명 없이도, 이 짧은 시편 하나를 통해 노두식의 참
한 면목을 읽을 수 있다. 말할 것도 없이 이 시는 우리가 흔히 겪는 발
치拔齒 직전의 아픈 경험을 애틋한 그리움의 정서로 바꾸어 놓은 작
품이다. 시는 별일 아닌 것처럼 수사修辭하면서도 그 솜씨는 여간 삼
삼한 것이 아니다.

빠진 이는 의치 따위로 언제든지 대체가 가능하고, 통증이 가신 그
"허방"은 오래전이나 어젯밤이나 크게 탈 없이 견딜 수 있다. 그러나
"마음속 어떤 이" (물론 여기 '이'는 치아를 뜻하는 '이'가 아니라 사람을 지
칭하는 의존명사 '이'로서 동음이어의 효과를 노린 것쯤은 알 수 있다.)는
영원히 대체가 불가능하다. 사랑했던 존재, 곁에 있던 존재, 오직 그
한 존재의 부재(결핍)를 확인하는 순간에 느끼는 불같이 쑤시는 통
증! 치통의 아픔! 육체의 아픔을 오한이 날 만큼 절절한 정신의 아픔,
그리움으로 환치시킨 참 아름다운 작품이다.

이 시가 고도의 완성과 더불어 온전히 정제된 시어의 결정結晶을
지녔느냐 하는 문제는 미루자. 그러나 사람의 마음, 인간의 상정常情

115

을 정직하게 그려낸 고운 작품이라는 데에는 누구나 동의할 것이다. 해서 다시 한 번 부연하거니와 이 시야말로 "존재의 한 순간을 잊혀지지 않는 순간으로 또 견딜 수 없는 그리움에 값하는 순간으로" 우리를 충분히 이끌고 있다는 생각이다. 그런 시는 또 있다.

그 겨울이 지난 한참 뒤였다

먼 산을 바라고
불러 보았다
아버지

메아리가 대답했다
오오냐

반가움에 울컥하여
나도 모르게 눈시울을 훔쳤다

메아리는 알고 있었다

손을 잡고 곁에 서 있던 아이가
가만히 나를 불렀다
아빠
　　　　──「메아리」 전문

이 역시 빼어난 가작이다. 물론 혹자는 이 시가 목월木月 시대쯤으로 돌아간 진부한 정서라고 말할지 모른다. 삼대三代의 핏줄 이어짐을 말하는 것 자체가 이 시대의 풍조로서는 고루한 것이라 할 수도 있을 것이다. 그러나 이 시를 읽으며, 굳이 성서의 마태복음을 인용하지 않더라도, 부자와 부자 관계를 통해 조손祖孫으로, 다시 조손에서 조손으로 이어지는 인류 무한의 연속을 어찌 아니 느끼랴.

"그 겨울이 지난 한참 뒤였다"는 물기 없는 목소리의 첫 행, 그 우뚝한 시작이 차라리 적막하고 엄숙하다. 이 시의 전체적인 분위기를 예고하는 멋진 첫 발설이다. 이어 자식의 손을 잡고 '먼 산을 바라' 이승의 목소리가 아버지를 부르고 '메아리'의 다정한 호응이 혈연처럼 이어진다. 이 시에서 또 한 번의 압권은 한 행으로 이루어진 제 5연의 '메아리는 알고 있었다'는 건조한 말투의 내레이션이다. 마치 제3자 해설 같은 그 진술 속에 저장된 함축의 부피가 크기 때문이다.

그 함축의 내용은 화자가 지고 있는 필연적인 책무의 재확인이다. 그렇다. 화자의 책무는 조상과 자손을 잇는, 인류의 역사를 연결해 나가는, 숭고하고도 위대한 사업을 잇고 있는 중간 고리로서의 역할이라는 점이다. 개체적 욕구가 종족 전체의 욕구라는 생물학적 본능적 이론을 떠나서라도 분명 이 시는 희미해져 가는 한국적 정서(욕구)를 군더더기 없이 간결하게 형상화해 놓은 드문 가작의 하나라고 할 수 있다. 저음일 듯싶은 아버지의 목소리, '오오냐' 그 메아리를 통해 시적 화자는 오늘의 우리에게 묵직한 인류의 경종을 울리고 있기도 한 것이다. 쿤테라를 구태여 다시 여기에 옮길 필요가 없다.

4.

이제 노두식 시인과의 사적이랄 수 있는, 그리고 발문의 한 귀퉁이에 슬쩍 적어 넣어도 크게 허물이 되지는 않을 이야기를 하자. 그러기 전에 우선 이 시의 일부분을 읽어 두자. 이 시를 읽으며 나는 문득 반세기도 훨씬 전, 노두식 시인을 처음 보았던 그 무렵을 떠올렸다는 사실이다. 이미 노년에 접어든 그와 그의 이 시를 읽으며 왜 나는 어린 때의 그를 떠올렸을까.

> 거울을 떠나면
> 얼굴에 묻어 있던 그대도 떠나고
> 나는 일상으로 되돌아와서
> 다른 그대에게
> 거울 밖의 얼굴을 보이고 있다
> 내가 확인할 수 없는
> 그때 나의 표정은 늙은 플라타너스처럼
> 조금은 더 투박하고 고전적일 것이다
> ──「플라타너스」 부분

이 시는 마치 거울의 유리면처럼 차갑고 차분하다. 거기에 비친 나와, 현실의 나라는 이중적 자아에 대한 통찰이 차가울 정도로 냉정하다. "거울을 떠나면/얼굴에 묻어 있던 그대도 떠나고/나는 일상으로 되돌아와서/다른 그대에게/거울 밖의 얼굴을 보이고 있다"며 시적 화자는 아무런 감정의 흔들림 없이 거울을 떠날 수 있고, 또 '얼굴에 묻어 있던 그대'(이 표현은 참으로 뛰어나다. 그리고 의미상으로 '타인화한 자기 자신'으로 읽을 수 있다.)도 떠나보낼 수 있다고 말한다. 그러고는 아무 일 없었다는 듯 또 '다른 그대에게' 나의 '거울 밖의 얼굴'을 보여 주며 무덤덤하게 일상으로 되돌아오는 것이다. 그러니까 거울을 통해 이상화되었던 자아를 버리고 일상 속의 자아의 위치로 돌아온다는 이야기이다. 그러면서 늙어가고 더욱 일상화되어 버릴 화자의 얼굴은 '투박'해지겠지만, 저 늙은 플라타너스처럼 '고전적'인 모습이 되기를 소망한다. 고전적이라! '참 노두식 시인답다.' 이렇게 쓰다가 불현듯 노두식 시인의 옛 시절을 떠올린 것이다.

다시 이야기의 갈피를 잡자. 내가 노두식 시인을 처음 본 것은 1950년대 초등학교 시절이다. 기억하건대 그는 나와 같은 초등학교가 아니었던 것으로 생각된다. 그의 집은 나의 집과 그리 멀리 상거하지 않았지만, 학교가 달라서였는지 말을 건네거나 했던 적이 거의 없었다. 아니, 그보다는 그가 지나치게 말수가 적었다는 데에 더 까닭을 두어야 할 것이다. 그는 밖에 나와 놀지도 않았고 지나가며 마주쳐도 그저 못 본 척, 혹은 묵묵연默默然 그뿐이었다. 실례의 말이지만 그의 손위 형님도 비슷한 성격으로 기억한다. 그의 형님은 음악을 하셨다. 그 밖에 어려서 그는 피부가 좀 검었다는 느낌이 남아 있다.

그의 선친께서도 한의사이셨다. 우리 고장에서는 명의名醫로 크게 떨치셨다. 1950년대, 60년대, 인천 미추홀구 숭의동, 경인국도에 면한 그 옛날 영제한의원! 머릿속 그 집은 함석으로 외곽 담장을 쳤던 것으로 생각된다. 내부로 들어가는, 골목길처럼 뚫린 좁은 입구와 한자로

쓰인 간판과……. 그의 집, 한의원 아래위로 서울식당, 두부공장, 규모가 컸던 잡화상, 삼성의원, 솜 공장이었던 다복공장, 길 건너에 월미운수, 그리고 그 아래 아무 표지 없이 서 있던 왜정 때 지었다는 크고 넓은 시멘트 건물…….

무슨 인연이었는지 그의 형이 들어간 중학교와 고등학교에 4년 터울로 내가 들어갔고, 그 1년 뒤에 그가 똑같이 같은 학교에 입학해 들어왔다. 교내에서 마주쳐도 별 말이 없이 5년을 보냈다. 머릿속에 또렷이 남은 것은 그의 천천하고 들뜨지 않는 목소리 톤과 정중한 몸놀림이었다. 그 시절에 이미 그의 태도는 또래들과는 달리 점잖고 숙성했다.

그러다 내가 대학에 가면서 영 그를 잊고 말았다. 그리고 이십여 년 후, 그가 의사가 되어 자기 선친이 한의원을 하던 그 집, 그 자리에서 선친과 똑같이 명의가 되어……, 그리고 언제부터였는지 시작詩作을 한다는 풍문을 들었다. 그 무렵 어느 잡지에선가 그의 시를 읽은 적이 있기도 하다. 지금은 제목도 구절도 다 잊은 채, '저녁노을이 진홍의 이부자리를 펴고 있다'는 그런 가물가물한 이미지만 남아 있을 뿐이다. 아무튼 그는 조용히, 다시 이십여 년이 흐른 후인 오늘에도 여전히 가난하고 아픈 인천 사람들을 돌보고 있고, 가장 최근인 바로 얼마 전 나는 우연히 그가 베푼 맛있는 저녁을 먹을 수 있었고…….

정말이지 그의 「플라타너스」 이 구절을 읽다가 나는 왜, 이렇게 반세기도 훨씬 지난 옛 시절, 그 빛 낡은 기억의 영상을 돌리게 된 것인지 모르겠다. 둘 사이가 별달리 가까운 것도 아니었고, 또 그의 시와는 애초부터 상관이 없고, 별다른 의미도 가지지 않은 그런 기억들이

어째서 문득 그의 이 시에 교차하면서 떠오른 것일까.

　그때도 지금도 그의 삶의 태도에서 느껴지는 묵직함, 이것이 혹 시속의 '고전적'이라는 어휘와 함께 엉겨 버린 것인가. 아무리 해도 그 대답을 시원하게 내놓지는 못한다. 다만 그때 기억들의 중복이 나로 하여금 이 「플라타너스」를 시발로 해서 그의 모든 시편들에게까지 아주 친숙한 느낌을 갖게 한 것만은 분명하다. 더불어 내게 그의 시로 관통해 들어가는 통로를 열어주었다는 느낌도 갖는다, 그러면서 나 자신도 미처 깨닫지 못했던 내 내면 무의식 속의 어떤 기대, 곧 이 시집을 손에 들 어떤 독자 분께도 굳이 내 개인적 기억의 창문을 통해 한 부분이나마 시인 노두식의 모습을 들여다보게 하고 싶었던 억지 기대 때문은 아니었나 하는 생각을 한다.

5.

　이 시집에 묶인 노두식 시인의 시를 나는 다 꼼꼼히 살펴 감상하지 않았다. 그럴 지면도 없고 시간도 없으며 그럴 이유도 없다. 또 나는 통상적인 시 해설을 하지 않았다. 그것은 내 분수를 넘는 일이기도 하거니와 또 한편 순수하게 이 시집을 집어 드는 독자들의 온당한 감상을 방해하는 원인이 될지도 모른다는 생각에서다. 그래서 나는 내 방식대로 몇 편, 내가 고른 시의 감상과 좁지만 내가 아는 노두식 시인에 대한 서투른 데생을 했을 뿐이다.

　조지훈이 『시의 원리』에서 한 말을 옮긴다. "아무리 잘 안다 하더라도 시 작품을 생산한 시인과는 관계없는, 지나치게 분방奔放한 독단

121

獨斷은 올바른 감상이 아니기 때문에 감상이라 할 수가 없기 때문이다." 그래서 사뭇 두렵다.

　이번 노두식의 시집은 때로 자신의 욕망의 좌절과 결핍을 토로하거나, 혹은 흐르는 물처럼 편안하고 자연스러운 감정을 드러내기도 한다. 또 때로는 사변적이 되어 스스로 내면 의식을 표출하기도 한다. 하지만 '시를 통한 자신과의 대면' 곧 시 쓰기가 몇 안 되는 삶의 선택 중의 하나이며, 동시에 그것이 자신의 지극한 갈망임을 토로한 노두식의 솔직한 목소리에 귀 기울여 듣는 것도 의미 있는 일일 것이다. "나는 나의 갈망을 아낍니다." 그는 자신의 말을 이렇게 끝맺고 있다는 것도 덧붙인다.

기억이 선택한 시간들

노두식 시집

초판 1쇄 발행일 2019년 6월 5일

지은이·노두식
펴낸이·김종해
펴낸곳·문학세계사

주소·서울시 마포구 신수로 59-1(04087)
대표전화·02-702-1800
이메일·mail@msp21.co.kr
홈페이지·www.msp21.co.kr
페이스북·www.facebook.com/munsebooks
출판등록·제21-108호(1979.5.16)

값 10,000원
ISBN 978-89-7075-911-1 03810
ⓒ 노두식, 2019

이 도서의 국립중앙도서관 출판예정도서목록(CIP)은 서지정보유통지원시스템 홈페이지(http://seoji.nl.go.kr)와 국가자료공동목록시스템(http://www.nl.go.kr/kolisnet)에서 이용하실 수 있습니다.(CIP제어번호: CIP2019019372)